Shel Silverstein

잃어버린 한 조각 + 나를 찾으러

쉘 실버스타인

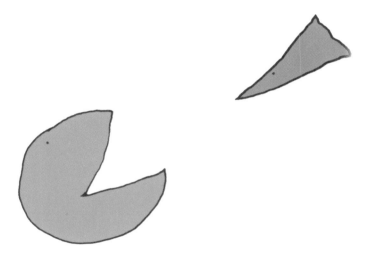

도서
출판 선영사

잃어버린 한조각 + 나를 찾으러

1판 1쇄 인쇄／2003년 1월 20일
1판 1쇄 발행／2003년 1월 30일
지은이／쉘 실버스타인(Shel Silverstein)
옮긴이／편집부
펴낸곳／도서출판 선영사
서울시 마포구 성산동 254-10 2층
TEL／(02)338-8231, (02)338-8232 FAX／(02)338-8233
E-MAIL sunyoungsa@hanmail.net
WEB SITE sunyoung.co.kr
편집 주간／장상태
펴낸이／김영길
제작2팀장／김용원
본문 채색／김종수
표지·재킷／선영 디자인(Baby JunGle DESIGN)
등록／1983년 6월 29일 제 카1-51호

ISBN 89-7558-603-0   03840

· 홈페이지를 이용하시면 선영출판사에 관한 모든 정보를 보실 수 있습니다.
· 본사는 통신 판매를 실시하고 있습니다. 전화, FAX, 우편, E-MAIL로 주문하시면
  우송료를 본사가 부담하여 등기로 보내드리겠습니다.

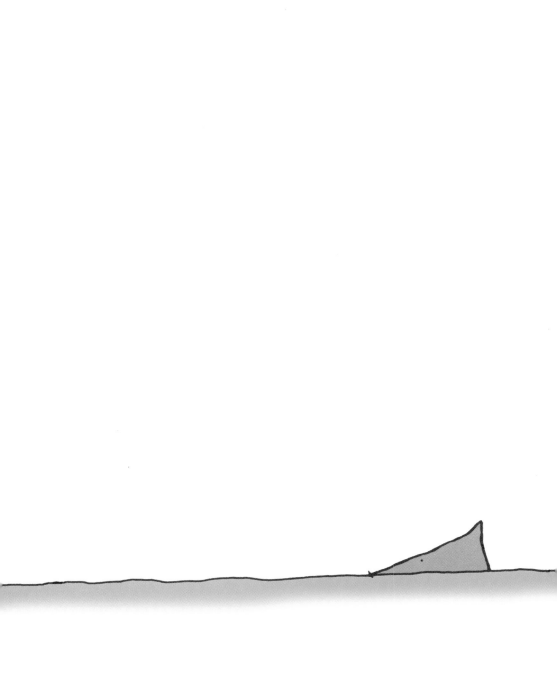

Shel Silverstein

THE
MISSING PIECE
잃어버린 한 조각

Harper & Row, Publishers

For those
who didn't fit
And those
who did.

완전히 좌절한 사람과
꾸준히 전진하는 이들을 위하여.

It was missing a piece.
And it was not happy

한 조각 이가 빠진 동그라미
슬픔을 달랠 길이 없었습니다.

So it set off in search
of its missing piece.

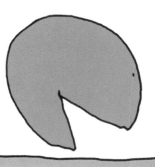

어느 날 잃어버린 한 조각을
동그라미는 찾아나섭니다.

And as it rolled
it sang this song -

"Oh I'm looking for my missing piece
I'm looking for my missing piece
Hi - dee - ho, here I go,
Looking for my missing piece."

굴러굴러 혼자서
콧노래를 부르며—

"오 나는 떠난 님을 찾아가네
내 떠난 님은 어디 있을까
어화둥둥 내 사랑 나 여기 가네,
내 떠난 님을 찾아가네."

Sometimes it baked in the sun

때로는 내리쬐는 태양과 함께

but then the cool rain
would come down.

어느 때는 시원한 단비에
몸을 흠뻑 적시기도 하고.

And sometimes it was frozen
by the snow
but then the sun would come
and warm it again.

어느 날은 눈 속에 묻혀
꽁꽁 얼었다가
따스한 햇살에 다시 몸을
녹이기도 하고.

And because it was missing a piece
it could not roll very fast
so it would stop
to talk to a worm

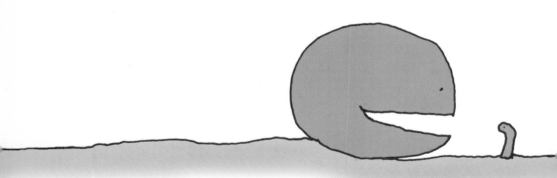

한쪽을 잃어버린 동그라미
빨리 굴러갈 수가 없어
잠시 멈추어
벌레와 밀담을 나누기도 하고.

or smell a flower

꽃 향기에 한껏 취하기도 하며

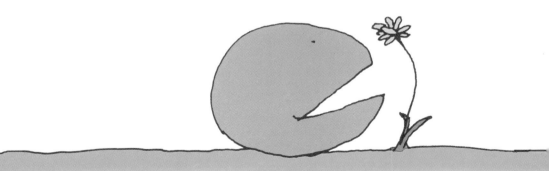

and sometimes it would pass a beetle

어느 때는 풍뎅이 곁을 스치기도 하고

and sometimes the beetle
would pass it

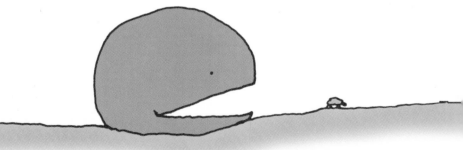

그러다 간혹 풍뎅이가 동그라미를
앞지르기도 하며

and this was the best time of all.

모든 것들이 즐겁고 흐뭇한 시간이었죠.

And on it went,
over oceans

"Oh I'm looking for my missing piece
Over land and over seas
So grease my knees and fleece my bees
I'm looking for my missing piece."

두둥실 떠서
넓은 바다를 건너고

"오 나는 떠난 님을 찾아간다네
들을 지나 파도를 넘어
어허야 두둥실 어깨춤을 추며
어딘가에 있을 내 조각을 찾아 떠나네."

through swamps and jungles

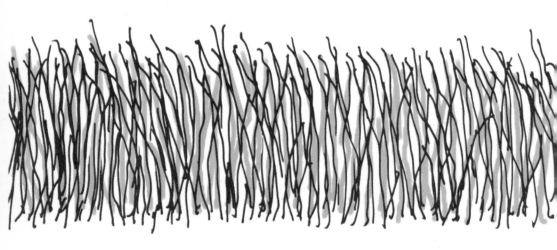

갈대 우거진 수풀 속을 지나

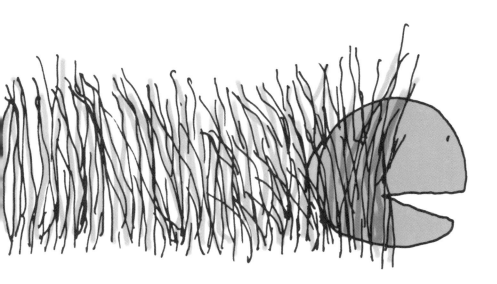

up mountains

가파른 산을 오르고

and down mountains

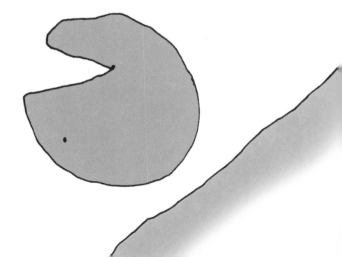

아차 하는 사이 굴러 떨어지고

Until one day, lo and behold!

"I've found my missing piece," it sang.
"I've found my missing piece
So grease my knees and fleece my bees
I've found my······"
"Wait a minute," said the piece.
"Before you go greasing your knees
and fleecing your bees······"

그러던 어느 날, 드디어 찾았어요!

"떠난 님을 찾았네." 노래했어요.
"떠난 님을 찾았어
어화 둥둥 내 사랑아
이제야 찾았구나……"
"잠깐만요." 조각이 말했어요.
"기뻐하지만 말고 저를 좀 보아요."

"I am not your missing piece.
I am nobody's piece.
I am my own piece.
And even if I was
somebody's missing piece
I don't think I'd be yours!"

"나는 당신의 조각이 아니에요.
난 그 누구의 조각이 아니랍니다.
다만 나 자신의 조각일 뿐.
설령 내가 누군가의 조각일지라도
분명코 당신의 것은
아니랍니다."

"Oh," it said sadly,
"I'm sorry to have bothered you."
And on it rolled.

"오 귀찮게 해서 미안해."
동그라미는 너무나 서운해하며
가던 길로 굴러갔습니다.

It found another piece

또 다른 조각을 만났는데

but this one was too small.

그것은 나무도 작았습니다.

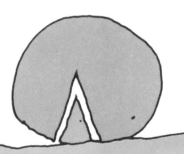

And this one was too big

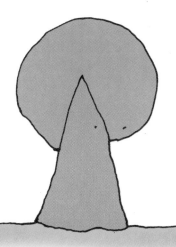

또 다른 조각은 몹시도 컸고

this one was a little too sharp

또 다른 조각은 뾰족하더니

and this one was too square.

이번 것은 네모난 것이었어요.

One time it seemed
to have found
the perfect piece

but it didn't hold it tightly enough

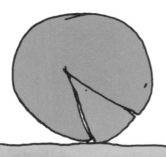

그러다가 한번은
꼭 맞는 조각을
찾았나 싶었는데

꼭 맞지 않고 헐렁거려서

and lost it.

이내 잃어버렸어요.

Another time
it held too tightly

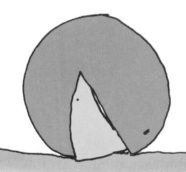

어느 때는
너무 꽉 차는 바람에

and it broke.

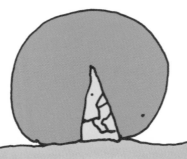

이내 부서지고 말았습니다.

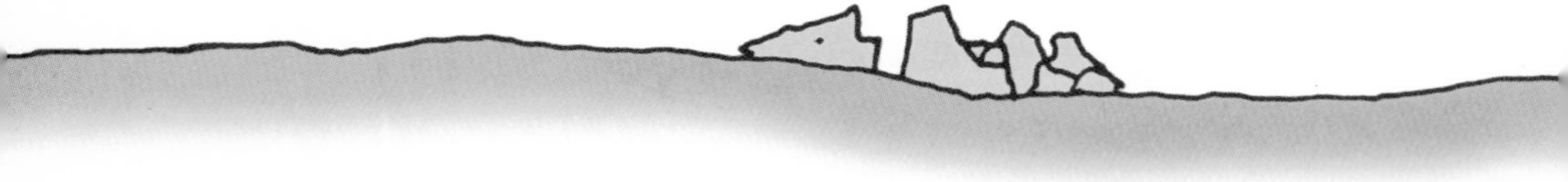

So on and on it rolled,

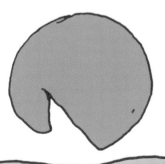

그래도 동그라미는 쉬지 않고 굴렀죠.

having adventures

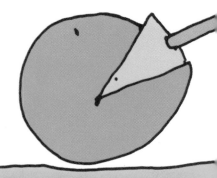

전혀 새로운 모험도 겪고

falling into holes

구덩이에 떨어지기도 하고

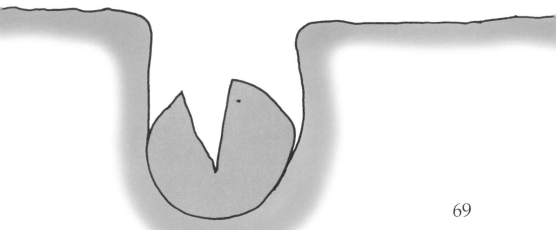

and bumping into stone walls.

돌담에 부딪히기도 했습니다.

And then one day it came upon
another piece that seemed
to be just right.

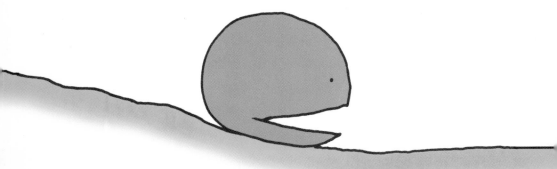

그러던 어느 날
꼭 맞을 것 같은 느낌이 드는
어떤 한 조각을 만났어요.

"Hi," it said
"Hi," said the piece.
"Are you anybody else's missing piece?"
"Not that I know of."
"Well, maybe you want to be your own piece?"
"I can be someone's and still be my own."
"Well, maybe you don't want to be mine."
"Maybe I do."
"Maybe we won't fit······"
"Well······"

"안녕."
"안녕."
"넌 누구의 몸에서 떨어져 나왔는지 아니?"
"글쎄 잘 모르겠어."
"그렇다면 너는 너 자신 그대로이길 바라니?"
"난 누군가의 것일 수도 있고 아닐 수도 있어."
"그럼 넌 나의 조각이 되길 원하지 않을
수도 있겠구나."
"꼭 그렇지만은 않아."
"우리 한번 맞추어 볼까……?"
"그래……"

"Hummm?"
"Ummmm!"

"어떠니?"
"아주 꼭 맞아!"

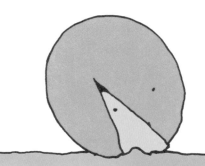

"It fit!
It fit perfectly!
At last! At last!"

"꼭 맞아!
이렇게 잘 맞다니
이제 찾았어! 찾았다고!"

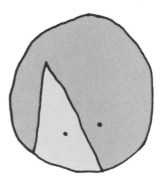

And away it rolled
and because it was
now complete,
it rolled faster
and faster.
Faster than it had
ever rolled before!

So fast that is could not stop
to talk to a worm

그리고는 곧장 굴렀고
그럴수록 점점 더
완숙해졌고
속도는 가속도가 붙어
굴러갔습니다.
예전보다 더
훨씬 빠르게!

전혀 멈출 수가 없어 벌레가 와도
이야기를 못 하고

or smell a flower

꽃 내음도 말을 사이 없고

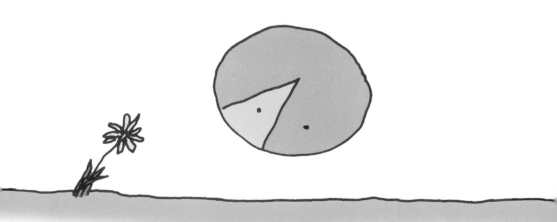

too fast for a butterfly to land.

나비를 만나도 어쩔 수 없었어요.

But it could sing its happy song,
at last it could sing
"I've found my missing piece."

그러나 행복한 노래를 부를 수 있었어요.
"나의 잃어버린 한 조각을 찾아냈어요."
라고 즐거운 노래를 계속 불렀죠.

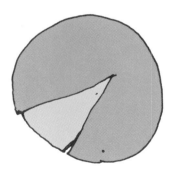

And it began to sing—
"I've frown my nizzin' geez
Uf vroun my mitzin' brees
So krease ny meas
An bleez ny drees
Uf frown···"

Oh my, now that
it was complete
it could not sing at all.

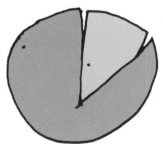

다시 동그라미는 노래를 시작했죠—
"나는 찾았네 잃어버린 내 짝을
어화 둥둥 내 사랑
찾아냈었네 —"

그런데 이를 어째
완전했던 동그라미가
노래를 못 하게 되었네.

"Aha," it thought.
"So that's how it is!"

So it stopped rolling······

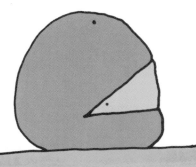

"아하," 생각이 났습니다.
"바로 그것였어!"

동그라미는 구르기를 멈추고……

and it set the piece down gently,

꽉 낀 조각을 사뿐히 내려놓았어요.

and slowly rolled away

다시 천천히 굴러 가면서

and as it rolled it softly sang—

낮은 소리로 노래하며 굴렀습니다─

"Oh I'm looking for my missing piece
I'm looking for my missing piece
Hi - dee - ho, here I go,
Looking for my missing piece."

"오 나의 떠나간 조각을 찾아가네
내 떠나간 조각은 어디 있을까?
어화둥둥 내 사랑, 나 여기 가네,
내 떠나간 조각은 어디 있을까."

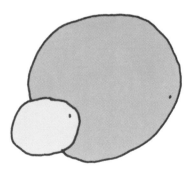

Shel Silverstein

THE
MISSING PIECE
Meets the
BIG O

잃어버린 한 조각 나를 찾으러

Harper & Row, publishers

to joan

102

이 책을 존에게 바치며

The missing piece sat alone······

떨어져 나온 한 조각 홀로 외로이……

waiting for someone
to come along
and take it somewhere.

어디인가 데려다 줄
누군가를 기다리면서
앉아 있었어요.

Some fit……

꼭 맞는 것이 있었으나……

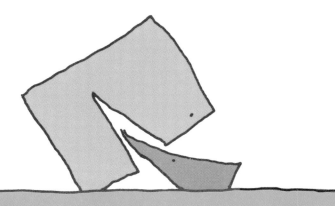

but could not roll.

하지만 굴러갈 수가 없었어요.

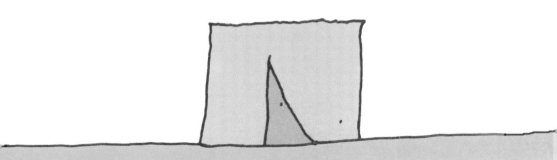

Others could roll
but did not fit.

112

굴러갈 수 있었던 것은
도대체 맞질 않았어요.

One didn't know a thing about fitting.

어떤 건 어떻게 맞춰야 할지
알 수가 없었어요.

And another
didn't know a thing
about anything.

어떤 건
뭐가 뭔지를 알 수 없는 것도 있었어요.

One was too delicate.

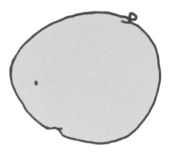

어느 것은 매우 연약하였어요.

POP!

퍽!

One put it on a pedestal⋯⋯

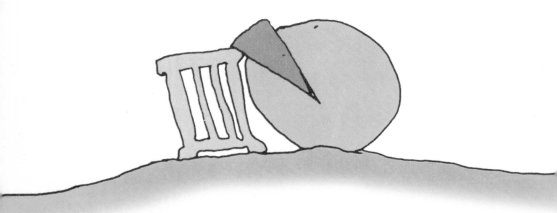

어떤 건 조각을 받침대 위에 올려 놓고……

and left it there.

그냥 가버리는 것도 있었어요.

Some had too many pieces missing.

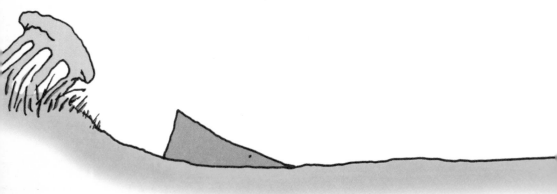

어쩌다 너무 많은 조각을 잃은 것도 있었고.

Some had too many pieces, period.

너무 많은 조각들을 가진 것도 있어
그냥 끝나 버리기도 했죠.

It learned to hide from the hungry ones.

그러다 보니 굶주려 허겁대는 것들을 피해
숨는 것도 배웠어요.

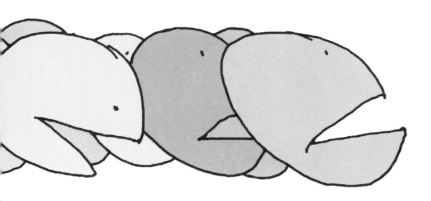

More came.

바싹 다가와.

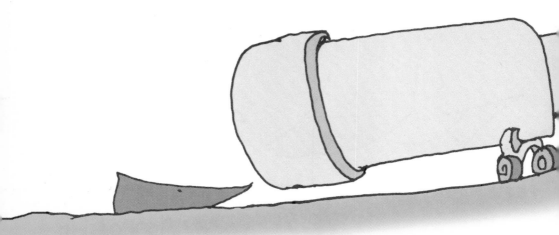

Some looked too closely.

뚫어질 듯 유심히 살펴보는 것도 있었고.

AHA!
아하!

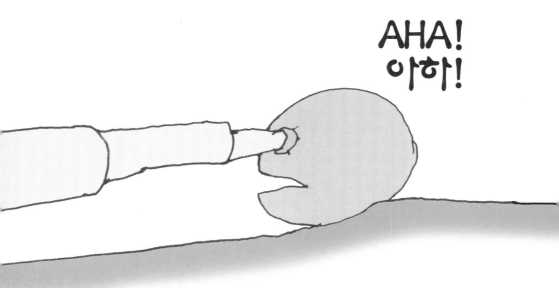

Others rolled right by without noticing.

Hi···?

바로 코앞에 두고도 무심히
굴러 가버리는 것도 있었어요.

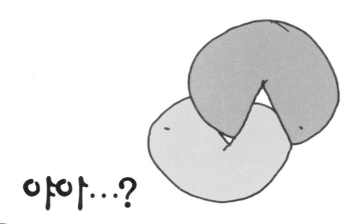

야아...?

It tried to make itself
more attractive······

좀더 매혹적으로 보이려고
치장도 해 보긴 하였으나……

It didn't help.

별로 효과가 나지 않았어요.

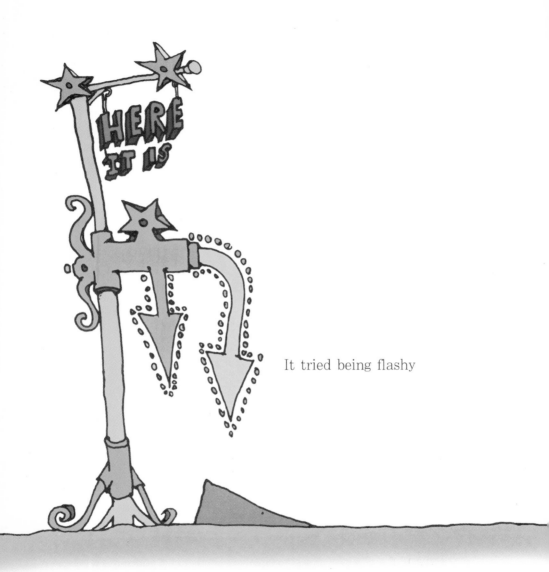

It tried being flashy

번드르하고 야하게 꾸몄더니

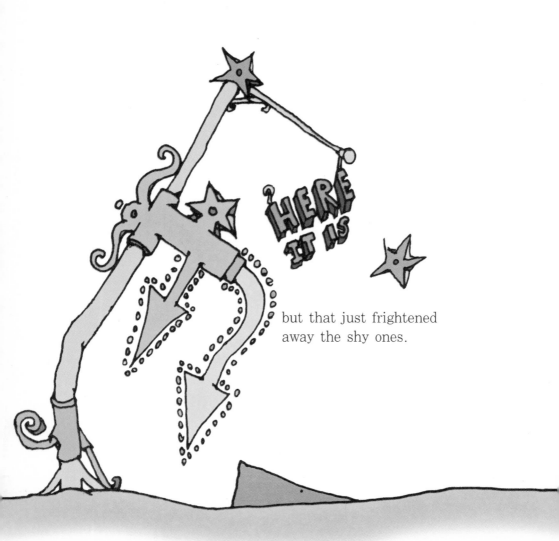

but that just frightened
away the shy ones.

142

소심한 친구는 화들짝 놀라
도망을 가고 말더군요.

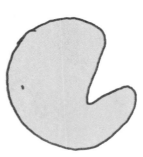

At last one came along
that fit just right.

144

마침내 꼭 맞는 것을
찾는 데 성공했습니다.

146

But all of a sudden……

하지만 갑작스럽게도……

the missing piece began to grow!

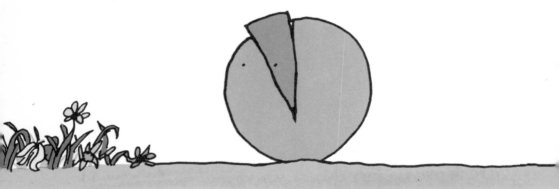

맞았다 싶은 조각이 자라나는 거예요!

And grow!

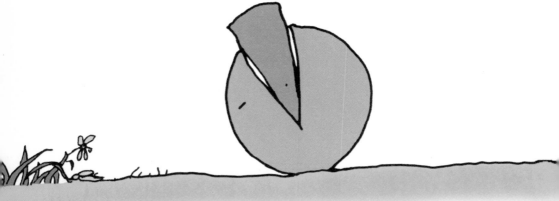

자꾸 커지는 것이었어요!

"I didn't know
you were going
to grow."
"I didn't know it either,"
said the missing piece.

154

"네가 커질 줄이야
미처 몰랐구나."
"나 역시 그걸 알 수 없었어"
떨어져 나온 조각의 말입니다.

"I'm looking for
my missing piece,
one that won't
increase……"

BYE……

"이제 다시 자라지 않을
내 잃어버린 조각을
찾아봐야겠어……"

그럼 안녕……

SIGH······

제기랄······

And then one day,

one came along who looked different.

그러던 어느날

남달라 보이는 어떤 것이 다가왔더랬죠.

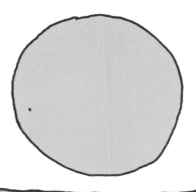

"What do you want of me?"
asked the missing piece.
"Nothing."

"What do you need from me?"

"Who are you?" asked the missing piece.

"내가 널 도울 일이 없겠니?"
조각이 물어 보았습니다.
"아무것도 없어."

"뭔가 필요한 게 있을 것 같은데?"
"없다는데도."

"그렇담 넌 누구지?"
조각이 물었습니다.

"I am the Big O,"
said the Big O.

"난 말이야 큰 동그라미지,"
큰 동그라미가 으쓱대며 말했어요.

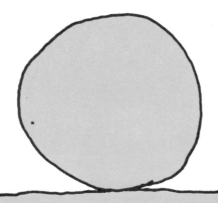

"I think you are the one,
I have been waiting for,"
said the missing piece.
"May be I am your missing piece."

"But I am not missing a piece,"
said the Big O.
"There is no place you would fit."

"내가 이제까지 기다려 왔던 게
어쩌면 바로 너라는 생각이 들어,"
조각이 말했습니다.
"아마도 내가 너의 잃어버린 조각일 거야."

"하지만 난 잃어버린 조각이 없는걸
네가 끼일 자리는 아예 없고."
큰 동그라미는 대답했어요.

"That is too bad," said the missing piece.
"I was hoping that perhaps
I could roll with you……"

"You cannot roll with me,"
said the Big O.
"but perhaps you can roll by yourself."

"안됐군, 난 너와 함께
굴러갈 수 있길 바랐었는데……"
조각이 대답했습니다.

"넌 말이야 나와 함께
굴러갈 수는 없어, 하지만
너 혼자서도 구를 수 있을 거야."
큰 동그라미가 충고했습니다.

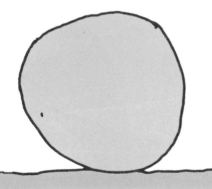

"By myself?
A missing piece cannot
roll by itself."

"나 혼자서 말이야? 어림없지,
떨어진 조각은 혼자서
구를 수 없어."

"Have you ever tried?"
asked the Big O.

"넌 혼자 굴러가 보려고 애써 본 적 있니?"
큰 동그라미가 물었더랬죠.

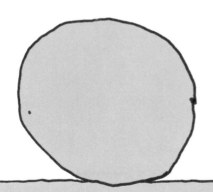

"But I have sharp corners,"
said the missing piece.
"I am not shaped for rolling."

"하지만 난 끝이 뾰족해서
굴러가지 못한다고."
조각이 심드렁하니 말했어요.

"Corners war off,"
said the Big O,
"and shapes change.
Anyhow, I must say good-bye.
Perhaps we will meet again……"

And away it rolled.

"뾰족한 건 닳구
모습도 변할 거야,
난 가봐야겠어.
어쩌면 또
만날 수 있을 거야."

큰 동그라미는
떠나 갔습니다.

The missing piece
was alone again.

이제 다시금 홀로 된
떨어진 조각.

For a long time
it just sat there.

오랫동안 그저
앉아 있어야만 했어요.

Then······
slowly······
it lifted itself up on one end······

그러다가……
조금씩 천천히……
한쪽 끝을 딛고 제 몸을 세워 보았지요……

······and flopped over.

PLOP!

······그러다 풀썩 엎어지고.

맙소사!

Then lift······pull······flop······

다시 안간힘을 다 해······일어섰다 넘어지고······

it began to move forward……

그러는 중에 차츰 앞으로 나아가기 시작했죠……

And soon its edges began to wear off······

그러다 보니 얼마 안 가 뾰족한 끝이
닳아 없어지기 시작했어요······

lift pull flop lift pull flop……

일어났다 뒤뚱거리고 넘어지기를 되풀이하면서……

and its shape began to change......

은연중에 점차 모습이 변해 갔어요……

and then it was bumping instead of flopping······

이젠 넘어지지 않고 가까스로 뒤뚱거리며
굴러갑니다……

and then it was bouncing instead of bumping⋯⋯

기우뚱거리는 대신 폴짝폴짝 뛰어 보고……

and then it was rolling instead of bouncing⋯⋯

마침내 통통거리며 굴러만 가는 거였죠⋯⋯

And it didn't know where
and it didn't care.

어디인지는 알 수 없어도
관여할 바가 아니었습니다.

It was rolling!

그렇게 굴러갈 뿐!